EXPOSITION DES FAITS

DE L'INSTANCE

Entre Jean-Marie-Auguste BOYER

Et *Louise-Augustine BOYER*, *épouse de Barthélemy-Prosper MOULINIER*.

Je vous prie de remarquer le titre que je donne à cet écrit, qui vient après deux autres imprimés.

Il suppose que, dans les deux premiers, les faits n'ont pas été exposés, et cela se trouve précisément vrai; car, lorsqu'il nous en a été donné une première aperception, le Mémoire adressé à la Cour de Nimes était imprimé déjà, et cette Cour avait rendu son arrêt, depuis un ou deux mois, lorsque nous avons reçu des déclarations plus précises et plus complètes.

La Cour de Nimes n'a pas eu connaissance pleine et entière de l'intégrale vérité. C'est pourquoi son arrêt laisse devant nous une question que doit expliquer le Tribunal de Montpellier. Avec sa puissante intuition, elle a déterminé et résolu un problème qui avait été effacé. Mais un seul! Eh bien, il en a été enlevé deux. Et c'est le second que nous avons maintenant à poursuivre.

J'ai parlé d'un arrêt de la Cour de Nimes. Or, maintenant, puisque la force qui s'attache aux jugements souverains, constitue pour nous une certitude de laquelle on peut dire qu'elle se tient debout par la

©

force de son poids, *mole suâ stat!* nous pouvons parcourir à grands pas, et délimiter à grands traits, les circonstances et les faits que nous aurons besoin de connaître.

Louis-Marie-Auguste Boyer est mort le 19 octobre 1848, laissant trois enfants : deux fils, Auguste, surnommé *Charles*, et François-Eugène, et une fille (Augustine) à la veille de sa majorité, qui s'accomplit dans l'année de deuil.

Son mariage avec Prosper Moulinier fut célébré le 19 novembre 1849. Et, immédiatement, la veuve, les trois enfants et le gendre de Louis-Marie-Auguste signèrent un acte sous seing privé, rédigé d'avance par Eugène, et qui contenait le partage de la succession paternelle, joint à beaucoup d'autres dispositions d'ordre différent, et qui auraient dû être l'objet d'actes distincts et séparés. Ainsi, par exemple, la mère, qui n'aurait pas eu à intervenir dans un partage, était partie signante, parce qu'effectivement elle était ici contractante et agissait pour le règlement de sa dot et de ses reprises, ainsi que pour diverses conventions combinées avec le partage héréditaire.

J'ai signé cet acte de pleine confiance et après une lecture rapide, et je ne puis guère aujourd'hui que vous en décrire les apparences matérielles, vous disant : Il était sur une double feuille de papier libre, de ce format qu'en termes de papeterie on appelle *cloche*. Il contenait trois pages. Les signatures étaient vers le fond de la troisième page.

L'acte portait mention de *fait en quatre originaux.* La vérité est que, pressé par un départ immédiat, on n'eut le temps d'en rédiger qu'un seul, que la confiance générale laissa en dépôt à Eugène Boyer ; et il a été prouvé à la Cour de Nîmes que, dans les dernières années de sa vie, Eugène gardait cet acte au château du Triadou. Cela, notamment, a été déduit d'une lettre du 10 avril 1864, dont l'avocat-général disait, qu'une semblable pièce n'était plus commencement de preuve, mais preuve complète et parfaite.

Eh bien, cet acte, qui contenait trois pages, aujourd'hui est évanoui du monde de l'existence. Voilà donc, premièrement, trois pages supprimées.

Supprimées, par qui? Lorsque je me berçais de belles illusions, ne pouvant supposer qu'il se trouvât dans ma famille une personne capable d'enlever un acte, ou de nier un contrat consenti, je fis certaines recherches, qui m'induisirent à penser que mon frère, rédigeant son dernier testament, avait tout à fait détruit cet acte. Eh bien, lorsqu'il pensait ainsi, mon esprit suivait la véritable direction, seulement il dépassait le but qu'il fallait se contenter d'atteindre. Eugène, faisant son dernier testament, n'a pas anéanti, mais a modifié l'acte du 19 novembre 1849.

Il a fait cela, et si vous demandez de quel droit, la réponse jaillira d'elle-même. C'est du droit qu'a un testateur de mettre des conditions à ses libéralités et de dire : « J'impose à mes héritiers telles concessions, » telles acceptations, telles renonciations, moyennant lesquelles je fais » le testament suivant. »

Mais ces renonciations, ces acceptations et ces concessions, où les trouvez-vous? me demande ici votre pensée.... Où je les trouve! C'est précisément que nous ne les retrouvons plus, parce qu'elles ont été égarées et supprimées.

Mais elles ont existé, et nous avons des traces et des témoignages de l'instrument qui les contenait et qui a disparu.

Premièrement, il nous manque trois pages, qui composaient l'acte du 19 novembre 1849, et, je le répète et le répéterai encore, il a été prouvé à la Cour de Nimes que cet acte était entre les mains d'Eugène, au château du Triadou.

Trois ! mais ce n'est pas tout ce qui manque à notre appel, et une formalité, à laquelle on ne pensait probablement pas, va nous faire apercevoir d'autres vides, si vous passez cette expression triviale, d'autres *trous à la lune*. L'art. 1007 du Code civil soumet les testaments olographes à l'inspection du président, qui doit dresser, dit cette loi, un procès-verbal de « la présentation, de l'ouverture et de l'état du testament. »

L'ouverture et l'état !

L'ouverture. — Le législateur qui s'occupe de ce qui arrive communément, *de eo quod plerumque fit*, sait bien qu'ordinairement un testament est renfermé dans quelque pli, quelque enveloppe, revêtue de quelque suscription qui indique. Et c'est cela même que la loi charge le magistrat d'ouvrir. Eh bien, il faut dire que le nôtre n'a eu qu'à *enfoncer une porte ouverte*, suivant l'expression de Diderot. Et non-seulement ouverte la porte, mais le mur attenant paraît même avoir été ébréché.

En effet, l'attention du magistrat est, ici, frappée par une circonstance, qui paraît l'absorber tout entière et même lui dérober la vue des objets qui l'entourent. Et, cette circonstance capitale et qui, à ses yeux domine tout, M. le Président nous l'annonce, en observant que le testament qu'on lui présente est « sur UNE SECONDE FEUILLE DE PAPIER A LETTRE. »

Sur une SECONDE feuille ! — Et la PREMIÈRE ? me demande ici votre pensée. — Mais, avant de lui répondre, il faut épuiser cette matière et ramener une circonstance qui a échappé à l'attention du magistrat : que semble préoccuper intégralement cette considération, une seconde feuille reste, la première manque.

Eh bien, voici une note informe, car le notaire, qui ne veut se compromettre avec aucune des parties en litige, semble avoir craint de signer. Mais si cette pièce laisse des doutes dans votre esprit, il y a un moyen bien simple de les éclaircir ; demandez la production du testament lui-même.

Je copie donc :

« Note pour M. Charles Boyer de Bresle, en réponse à sa lettre à
» Me Granier, notaire au Vigan, du 22 septembre 1869.
» Le testament de feu M. Eugène Boyer est écrit sur une simple feuille
» de papier à lettre que (1) la demi-feuille ci-jointe ; il n'y a point de signe
» particulier, ni chiffre ; la feuille paraît pliée d'abord en deux, de bas
» en haut, est repliée ensuite en long, aussi en deux, de manière à for-
» mer quatre carrés.
» Voilà tout ce qu'il y a à remarquer sur le dit testament.
» Vigan, ce 25 novembre 1869. »

---

(1) SIC. *Je suppose qu'on a omis le mot :* telle, *voulant dire :* telle que.

Ainsi, nous avons à retenir cette double observation : le testament est sur une SECONDE *feuille de papier à lettre,* qui a été PLIÉE suivant sa largeur et suivant sa longueur.

Plus tard, nous ramènerons toutes ces circonstances. Poursuivons maintenant l'exposition des faits.

Vous avez vu que mon frère tenait en dépôt un acte sous seing privé, qui réglait le partage de la succession de notre père. Ce partage est ce que j'appellerai la DIVISION ; mais les événements qui se préparaient allaient amener ce que j'appellerai la SUBDIVISION. — La *division,* c'est le partage de la succession paternelle entre les enfants. La *subdivision,* c'est le partage de la succession d'Eugène Boyer entre son frère et sa sœur.

Des symptômes funestes l'avaient averti qu'il laisserait dans la maison un vide et un deuil. Et, comme il s'était constitué le chef de la famille à laquelle il s'était dévoué, Eugène avait compris que l'acte rédigé par lui et signé par nous en 1849, présentait des difficultés et des obscurités. Nous sommes d'accord là-dessus, Mme Moulinier et moi. Dans son interrogatoire, elle affirme qu'Eugène lui a dit que nos affaires d'intérêt avaient été mal réglées et qu'il faudrait y revenir plus tard. — J'ai produit en justice une lettre, dans laquelle il me propose de revenir sur notre acte de partage.

On s'est donc trompé ! et il faut y revenir. Eh bien, savez-vous maintenant ce qu'il va faire, lui, chef et conducteur de la famille ? — Il va exécuter une opération qui la constituera dans la paix et dans l'harmonie de l'ordre.

Nos affaires ont été mal réglées, et nous avons signé des combinaisons défectueuses. Quand les pensées et les images de la mort qui l'environnent l'avertissent qu'il va se séparer de nous, il ne veut pas nous laisser dans ces incertitudes, et il s'en va maintenant exécuter une opération qui rectifiera ce qui a été mal réglé, et qui déterminera nos droits et délimitera nos propriétés.

Il a fait cela, et de tout ce qu'il a fait l'instrument ne se retrouve pas, et nous avons perdu le titre de ce qu'il avait constitué. Mais sa pensée a laissé des traces, et çà et là s'élèvent des débris qui rendent témoignage. Les faits que nous allons exposer vous en donneront la conviction.

Eugène Boyer est mort au château du Triadou, le 26 mai 1866.

Il y résidait la plus grande partie de l'année, ayant à son service le sieur Caizergues (nommé par abréviation *Cacou*) et sa femme, Joséphine Durand. Eugène m'a rendu ce témoignage qu'il tenait à cet homme, moins à cause de sa capacité que de sa probité, qu'il jugeait digne de toute confiance. — L'homme s'occupait aux travaux du dehors ; la femme soignait les choses de la maison et servait mon frère. — C'était dans les dernières années de sa vie, alors que de funestes remèdes avaient brisé sa santé.

Lorsqu'il s'inclina subitement vers la tombe, notre mère, Mᵐᵉ Boyer de Sᵗ-Bauzille (que je distingue par ce nom de Mᵐᵉ Boyer de Comeiras, sa belle-fille) vint s'installer au château, et sur elle s'exhala le dernier souffle de son fils bien-aimé. A la nouvelle de cet épouvantement, nous accourûmes, Mᵐᵉ Boyer de Comeiras et moi. Je fis télégraphier à Bédarieux, et notre sœur, Mᵐᵉ Moulinier, vint aussitôt et assista aux funérailles de notre frère.

Notre mère avait pris la clef du bureau de mon frère, et, après qu'on eût rendu les suprêmes devoirs, Mᵐᵉ Boyer de Comeiras demanda que les papiers de notre frère fussent examinés en famille. Mais Mᵐᵉ Boyer de Sᵗ-Bauzille prétendit que la chose se ferait plus convenablement après la messe de neuvaine.

Je hasardai cette observation timide, qu'un testament s'ouvre d'ordinaire immédiatement après la mort du testateur, qui souvent y règle l'ordre de sa sépulture. A cela, ma mère répondit que celui de mon frère ne contenait rien de pareil ; et, comme je savais les prédilections de ma mère pour son fils Eugène, je crus qu'elle connaissait des dispositions qui la constituaient légataire universelle. Je n'insistai donc pas et nous partîmes avec Mᵐᵉ Boyer de Comeiras, laissant au Triadou Mᵐᵉ Boyer de Sᵗ-Bauzille, avec sa fille, Mᵐᵉ Moulinier.

La clef du bureau est entre les mains de notre mère ; et, dans l'interrogatoire fourni devant M. Teulon, juge du siége de Béziers, Mᵐᵉ Moulinier est amenée à dire : « Après la mort de mon frère Eugène, ma mère

» me fit chercher dans le secrétaire de ce dernier, certaines pièces dont
» elle avait besoin......, » — Ce qui n'empêche pas que, dans une lettre,
d'ailleurs furibonde, du 28 octobre 1870, notre mère, Mme Boyer de
St-Bauzille dit textuellement : « Personne n'a ouvert le bureau de mon
» cher enfant....; cette clef ne m'a pas quittée.... »

> *Non nostrum inter vos tantas componere lites.*

Il faut seulement observer que Mme Boyer de St-Bauzille a la vue très-
défectueuse. Un œil est éteint ; l'autre voit nettement à une courte dis-
tance ; mais sa myopie est très-prononcée.

Et maintenant je me trouve reporté à la page 15 des Défenses impri-
mées pour le Tribunal ; elle se termine à ces mots : « On peut conce-
» voir également que cet acte ait disparu au milieu des papiers que
» Mme Moulinier brûla, après la mort de mon frère. »

Une certaine notoriété s'est répandue autour de ce fait, et j'ai été averti
que Mme Moulinier avait brûlé des livres et des papiers. Je cite à ce sujet
l'imprimé de 1867 (Eugène est mort en 1866), pour constater qu'à cette
époque c'était déjà une chose connue, et je supplie de remarquer dans quels
termes l'avertissement a été transmis. Ce sont des paysans qui parlent, et
quand ils disent *des livres et des papiers*, c'est pour exprimer l'idée que nous
rendrions, en disant : *des imprimés et des manuscrits*. Les flammes ont reçu
de l'un et de l'autre genre, *utriusque generis*. Les flammes ont reçu de
ceux-ci et de ceux-là. Il y a des moralités si farouches ! Or, mon frère
avait des romans de Walter-Scott, de Cooper, de Balzac, voire du Paul
de Cok. Et on a donc brûlé du Cok. C'est le calembourg de Balzac. Je le
donne pour ce qu'il vaut.

On a donc brûlé, et d'ailleurs tout a remué là-dedans : ma mère,
Mme Moulinier ; puis Monsieur. Cela ne suffit pas, et il faut y joindre
« Jules Pelon, honorablement connu. » C'est Mme Moulinier qui lui rend
ce témoignage, à la page 4 de l'Interrogatoire, imprimé par Clavel-
Ballivet, à Nîmes : « Il *(son mari)* partit, en effet, avec moi et Jules
» Pelon, honorablement connu ; nous cherchâmes parmi les papiers ren-
» fermés dans le secrétaire d'Eugène, etc. »

Ces papiers, du commencement à la fin, ont été remués un peu par tout le monde ; vous n'avez à excepter que l'exécuteur testamentaire, qui , atterré de la mort de son frère, s'est laissé mettre hors de chez lui.

Enfin , il fallut revenir au Triadou , pour assister à la messe de neuvaine, ce qui nous fixe au 4 juin 1866.

Alors Mᵐᵉ Boyer de Sᵗ-Bauzille produisit le dernier testament de mon frère , celui que le président constate écrit *sur une seconde feuille de papier à lettre,* et où le notaire constate quatre plis......

J'ignorais les intentions que mon frère pouvait avoir eues, et j'étais trop abîmé pour comprendre. Mais., lorsque ce testament fut annoncé, la femme Caizergues (Joséphine Durand), celle qui avait soigné mon frère dans ses derniers jours, souleva une certaine rumeur, en s'écriant : qu'on avait EFFACÉ quelque chose dans le testament de M. Eugène.

Ce fut là une explosion subite, et cette femme manifesta hautement cette idée spontanée : que nous n'avions pas toutes les dispositions de M. Eugène ; et je me rappelle que ma mère observa, en ricanant, que le garde Soulié, homme d'une surabondante finesse, lui avait, avec beaucoup de tact, dit de se taire, de peur de faire gloser. Il y a, en effet, des commérages à la ville et à la campagne.

Toutefois, une observation est ici à produire. L'articulation de Joséphine Durand est appuyée sur d'autres témoignages ; et, notamment, il réside à Sᵗ-Bauzille (vers le haut du village) une femme Coulet, lavandière, et qui a servi mon frère pendant quelque temps, et cette femme affirme avoir entendu dire à M. Eugène, qu'il voulait récompenser les soins de Joséphine Durand, et lui laisser une rémunération.

Mais pourquoi cette rémunération n'a-t-elle pas été écrite dans le testament lui-même? Parce qu'Eugène Boyer, qui possédait à un degré supérieur le tact des convenances morales, n'a pas voulu que cette jeune femme se trouvât nommée dans son testament, à côté d'un enfant naturel, qui y paraît comme légataire. Il serait , d'ailleurs, non-seulement inutile, mais même dangereux de soulever ici des commérages autour d'un fait qui peut s'expliquer fort moralement ; car, plus vous multiplierez les rapports entre ces deux personnes, et plus vous rendrez vraisemblable l'affirmation proposée : Eugène Boyer a fait un don à Joséphine Durand.

Je répète que cette femme, quand il avait des attaques de goutte, a pu lui rendre des soins pénibles ou fastidieux.

Quoi qu'il en soit, cette exclamation subite et spontanée, qui se produit à l'ouverture du testament, et qui est d'ailleurs confirmée par des témoignages, cette exclamation paraît ici semblable à l'étincelle qui allume des clartés dont s'illumine l'horizon;

L'affirmation très-vraisemblable d'une récompense à la personne qui a donné des soins, nous induit à conclure que ce testament n'a pas été fait seul, et qu'il allait avec d'autres combinaisons...... Et, puisque j'en suis là-dessus, je dirai que ces combinaisons avaient été conçues par le chef de la famille, pour la constituer en paix.

Le testament, qui a été conservé, est sur une seconde feuille, qu'il ne remplit pas entièrement. Depuis l'impression du Mémoire et l'arrêt de la Cour, un hasard providentiel nous a révélé ce témoignage que nous vous offrons : « Eugène Boyer a écrit trois pages sur une double feuille » de papier à lettre, qui a été tirée entière de sa boîte. »

Trois pages sur papier à lettre ! et trois pages sur une feuille de papier *cloche* qui a été sortie de son bureau. Total six pages ! En reste une ; en manquent cinq. — Que contenaient ces cinq pages qui sont supprimées ? Je m'en vais vous le dire : elles contenaient la DIVISION et la SUBDIVISION.

La division, c'est le partage de la succession paternelle que renfermait l'acte de 1849, dont Eugène Boyer était dépositaire.

Et la subdivision, c'est le partage de la succession d'Eugène Boyer lui-même : partage qui se trouve sans doute dans son testament, indiqué et désigné, mais non pas avec la précision et les développements nécessaires pour constituer sa famille dans l'harmonie de la paix.

Et maintenant, bien qu'on ait soulevé des clameurs et des imputations passionnées, je me contenterai ici de cette affirmation que je vous propose dans le calme de ma conscience. C'est que, depuis la sortie des époux Caizergues du Triadou jusqu'à l'arrêt de la Cour de Nîmes, je me suis sévèrement interdit de voir Joséphine Durand. Je ne l'ai point aperçue ; je ne lui ai point parlé ; je ne lui ai point écrit ; seulement, comme elle était avec mon frère, lorsqu'il a écrit ses dispositions dernières, je l'ai faite interroger par trois hommes dignes de toute confiance ; et, des renseignements qu'ils m'ont transmis , je déduis que cette femme, amenée en justice , y ferait la déposition suivante :

« Elle servait M. Eugène Boyer, qui lui dit un jour que son état était des plus graves, et qu'il avait à craindre d'être subitement enlevé.

» Que les affaires de la maison avaient été mal réglées, et qu'il voulait prévenir les difficultés qui pourraient s'élever après sa mort.

» Il était au lit, et, lui indiquant la clef de son bureau, il se fit apporter une feuille de papier d'assez grand format , et qui était pliée suivant sa largeur, en quatre plis parallèles. Il demanda en même temps une feuille de papier à lettre , qui fut tirée nette et intacte d'une boîte déposée sur le bureau.

» Il était au lit ; cette femme eut donc à réunir et à lui apporter tout ce qu'il fallait pour écrire , et il écrivit effectivement devant elle et avec son concours....... »

Veuillez observer qu'il n'y avait pas de grands inconvénients à écrire ses dispositions devant Joséphine Durand , qui ne sait pas lire. Je viens de dire que je l'ai faite interroger par trois hommes dignes de toute confiance. Le premier se nomme François Fauché ; il était alors païre (chef de ferme) sur le domaine de Gabriac. Fauché est illettré, ainsi que Joséphine Durand ; mais j'avais alors au Gardiol un fermier nommé Duffours, entré sur ce domaine le 15 août 1859, ce qui supplée à peu près à la date de la lettre rédigée par lui , car elle l'a été dans les mois de février ou de mars suivants (1870). Fauché a rapporté sa réponse le dimanche qui a suivi le 11 novembre 1869 (foire de Ganges , dite *de la S¹-Martin*). La cause fut appelée devant la Cour, vers les derniers jours de ce mois. Fauché m'a fourni les premiers renseignements ; ceux que m'a porté Duffours ne sont venus qu'après l'arrêt ; alors je n'y ai pas attaché beaucoup d'importance. C'est la cause pour laquelle je n'ai pas fait enregistrer la lettre que Duffours a écrite et signée pour Joséphine Durand ; mais je répète que ces personnes sont encore vivantes, et que leur témoignage est à votre disposition.

Lettre signée Joséphine Durand :

« Il y a quatre ans que votre frere et mort, le mois de mars (Eugène
» Boyer est mort le 26 mai). Josphine Durand a vu faire son testament
» à votre frere qu'il etait malade : il ni a mis que demi-heure, et elle
» garantira partout quelle nan a vu rien railiér. Elle se permit de lui de-
» mandér à vottre frere ce qu'uil faisait. Il lui a répondu qu'il faisoit son
» testament, en meme temps elle lui a dit de se souvenir delle. alors il
» lui a répondu quelle fusse tranquile, mais que se ne serait qaus dernéis
» jours de sa mere. elle prie bien monsieur de lui faire savoir ce que son
» frere lui a donné. car elle est prette a faire tout ce qu'uil dependra delle
» pour monsieur.

» rapor au testamen Josephine me dit quelle la vu cloturér, et meme
» elle la plié, car il ne pouvait pas se servir de ses mains et en le pliant
» il lui défendit de nen rien dire.

» elle vous fait beaucoup de complimens a toute la famillie. Josephine
» DURAND. »

Reprenons, si vous voulez bien, la déposition de Joséphine Durand,
qu'il est facile de vous procurer, si vous la désirez :

« Elle a donc vu écrire et à même tenu la lampe, qu'il a fallu déplacer
avec assez de peine, lorsque la demi-feuille de gauche étant couverte
d'une écriture, encore fraiche, et ne pouvant donc être repliée, il fallut
porter la clarté de l'autre côté, c'est-à-dire sur la première page (recto)
de la deuxième feuille de droite.

» Après cela, la feuille (double) de papier à lettre fut pliée et insérée
dans la grande feuille de papier sortie d'un tiroir du bureau.

» Enfin, quatre cachets furent apposés sur le pli : deux suivant sa plus
grande dimension, un sur chacune des petites, et ce fût elle qui pressa
un sceau sur les cachets, parce que la main de M. Eugène ne se prêtait
pas à la flexion nécessaire pour appuyer un cachet. »

C'est ainsi que j'exprime les renseignements que la femme Caizergues
nous a donnés, ou transmis, dans son patois, et j'ose dire que je rends sa
pensée avec plus d'exactitude que Duffours, dont le français n'était pas
la langue habituelle. C'est pourquoi, lorsqu'il s'exprime dans notre lan-

gue, son discours est exposé à ne pas nous rendre bien fidèlement sa pensée, et sa lettre contient des erreurs évidentes. Par exemple, quand il rapporte la mort au mois de mars, il confond l'époque de la mort avec celle de la rédaction du testament; quand il exprime qu'il « ne pouvait » pas se servir de ses mains, » il se contredirait grossièrement, si on prenait son discours dans un sens absolu. Il faut entendre seulement que M. Eugène ne pouvait pas plier la main pour presser le cachet, bien qu'il pût lui donner la position nécessaire pour tenir la plume et écrire lisiblement, puisque l'écriture du testament est aussi nette et aussi lisible que toutes celles qui nous restent de lui, bien que ce testament ait été écrit par une main dont tous les mouvements n'étaient pas libres; certains l'étaient, d'autres ne l'étaient pas. — De même, quand Duffours fait dire à Joséphine Durand : « Elle prie bien Monsieur de lui faire SAVOIR ce » que son frère lui a donné, » la réflexion intelligente voit bien que la plume rustique fait ici ce qu'on appelle *une liaison dangereuse*, et amène une lettre superflue, et qui dénature la pensée que l'on traduit, étant bien visible que cette femme me demande de lui faire AVOIR ce que mon frère lui a donné; car *avoir* est ce qui lui importe, et, quant à *savoir*, c'est elle, au contraire, qui nous enseigne ici, et n'a rien à apprendre de nous. — Enfin, cette expression : *il n'y a mis que demi-heure*, semble porter avec soi un sens restrictif, dont il faut la dépouiller; car Joséphine Durand vous expliquerait que l'opération fut assez longue, et que demi-heure est un minimum, au-dessous duquel on ne peut pas descendre.

Après Fauché et Duffours, Joséphine a été interrogée par un homme de société distinguée, et avec lequel nous sommes en relations. Il préférera sans doute que son nom ne soit pas jeté dans nos débats. Mais, s'il était nécessaire, son témoignage ne nous manquerait pas, et il est de ceux qui sont dignes de toute confiance.

Au reste, tous ces renseignements que nous apportent des intermédiaires, ne sont pour nous que des canaux qui conduisent, mais ne produisent pas. Si l'on veut ce qui produit, il faut remonter à la source. Et la source d'où découleront ici les pensées, c'est le témoignage de la personne qui servait le testateur quand il a écrit son testament. Celui-là est le témoin nécessaire ; et nous n'avons pas le choix de l'accepter ou de le refuser.

La seule chose d'ailleurs qu'il ait à nous apprendre et que nous ne saurions pas sans lui , c'est qu'il a été apposé quatre cachets à un papier qui ne se retrouve pas.

Sur cette pièce sortie, et qui n'est pas revenue, un témoignage nous affirme qu'il a été apposé quatre cachets ; et ce témoignage , qui est venu spontanément, je l'accepte sans songer à chercher ici la preuve de la preuve; car, si elles se jettent dans ces voies, nos pensées ne s'arrêteront plus.

Pour tous les autres faits qui environnent celui-là , ils rassemblent autour d'eux un tel concours de concordances et de preuves, que chacun d'eux marche entouré de sa démonstration. Ainsi , par exemple :

Eugène a parlé d'une mort qui menaçait de l'enlever subitement. — Est-ce que celle-là a manqué à l'appel de son terrible nom ?

Il aurait dit à Joséphine Durand que nos affaires ont été mal rangées. — Et n'avons-nous pas produit à la Justice cette lettre du 10 janvier 1864, qui renferme ces propres paroles : « Je te proposerai.... de revenir sur notre acte de partage. » Et Mme Moulinier n'a-t-elle pas répété, dans son interrogatoire, que son frère lui avait dit.... « qu'il faudrait y revenir plus tard ? »

Pour écrire son testament, cette femme affirme qu'il lui demanda une feuille de papier à lettre. — Est-ce donc que le testament n'est pas sur une feuille de papier à lettre ?

Cette femme affirme qu'elle tira la feuille nette et entière, d'une boîte. — Est-ce que cela n'est pas la vraisemblance même ? Et croirez-vous plutôt que M. Boyer, voulant faire son testament, ait demandé qu'on lui ramassât un tel quel morceau de papier, coupé dans le rebut de la correspondance d'un marchand ou d'un fournisseur ?.....

Et quand le Président du Tribunal observe que le testament est écrit SUR UNE SECONDE FEUILLE, ne nous oblige-t-il pas à conclure de là qu'il y avait donc une première feuille, portant aussi de l'écriture ; car, si on n'avait écrit que SUR UNE SEULE feuille, c'est la PREMIÈRE, qui aurait recueilli les pensées du testateur ; et la SECONDE aurait demeuré comme l'appendice superflu, que l'homme bien élevé n'enlève pas parcimonieusement, mais qu'il laisse quoiqu'il ne serve pas.

Cette femme ajoute de plus que le testament fut plié longitudinalement, pour être inséré dans le papier à grand format, qui était sur quatre plis suivant sa petite dimension. — Elle dit ! Mais le notaire ne confirme-t-il pas, et vous est-il d'ailleurs interdit de vérifier que le testament conserve encore l'empreinte de ses plis ?

Enfin, assistant au testament de son maître, elle lui demande une place dans ses libéralités, et affirme qu'on la lui a promise pour l'avenir........ après la mort de notre mère...... — Et par quelle singulière divination cette femme va-t-elle rencontrer une disposition si concordante avec toutes celles du testament, qui, toutes, doivent rester suspendues jusqu'à la mort de notre mère? Et que fait aussi cette femme Coulet, qui nous apporte ce témoignage, qu'Eugène Boyer lui a manifesté l'intention de rémunérer Joséphine Durand? Et lorsque Joséphine Durand, aussitôt que le testament est produit, s'écrie QU'ON A EFFACÉ....., suffira-t-il donc de soulever les discours des commères pour amortir sous leur bruit cette parole spontanée et première, qui signale ici une suppression, un enlèvement, un retranchement, dont tout démontre la réalité !

Oui, tout démontre la réalité de cette suppression, et il y a une circonstance dont on ne détruira pas facilement la portée. C'est la rumeur intérieure, mais certaine et incontestable, que la femme Caizergues souleva dans une maison toute pleine de deuil, lorsque, spontanément et sous l'inspiration de sa pensée, elle s'écria qu'on avait EFFACÉ dans le testament de M. Eugène.

Effacé! rayé! raturé! J'ignore par laquelle de ces expressions il faut rendre en français le terme qu'elle a employé dans son idiôme. Mais il nous a complètement égarés. Et il devait nous égarer effectivement, parce que le testament ne contient pas de rature. Elle nous aurait au contraire mis sur la véritable voie, si elle avait dit : coupé! retranché !

Et alors, en effet, cette pensée se serait présentée à notre esprit. Eugène Boyer, qui a reçu de la femme Caizergues des soins quelquefois pénibles ou fastidieux : quand la goutte paralysait ses jambes ; il fallait le soulever ; quand elle empêchait l'usage de ses mains, il fallait le soigner comme l'enfant en bas âge..... Eugène a ici le sentiment moral qu'il doit une rémunération, et comme il ne veut pas que le nom d'une jeune femme paraisse dans le testament qui attribue un legs à un enfant naturel, il le met à côté. Et, puisque M. le Président observe que le testament est sur une seconde feuille, nous devons induire de là que le reste était sur la première.

Sur la première ! Mais cela évidemment ne la remplissait pas. Deux lignes suffisaient. Or, on nous affirme, et très spontanément, ces deux choses : cette première feuille était remplie d'écriture sur ses deux pages, et on ajoute en second lieu, qu'elle a été pliée de manière à pouvoir être introduite dans une feuille de plus grand format, et qui a été cachetée. On explique même qu'il y avait quatre cachets, deux sur la plus grande dimension, un sur chaque petit côté.

On n'explique pas, mais les choses parlent assez d'elles-mêmes, pour nous faire comprendre que ce pli cacheté, qui renfermait un testament, portait une suscription, d'où l'exécuteur testamentaire n'était sans doute pas exclu.

Et cela étant admis, nous croyons que l'on peut résumer les combinaisons d'Eugène Boyer dans ce discours intérieur qu'il se sera tenu à lui-même :

« Nos affaires ont été mal réglées, et ce n'est pas vainement que, dans » ma lettre du 10 janvier 1864, je proposais à mon frère de « revenir » sur notre acte de partage. » Mais puisque je suis dans un état qui rend » cette opération impossible, il faut, dans la position suprême où je suis » maintenant, exécuter une double opération.

» 1° Enlever, si je le puis, tout prétexte d'une discussion entre mon » frère et ma sœur ; 2° et si cela ne m'est pas possible, en rejeter les » éclats à une époque qui ne viendra qu'après la mort de ma mère.

» Pour atteindre ce dernier point, je charge mon frère, tant que ma » mère vivra, de lui payer l'intégralité de mes revenus. On n'a donc rien » à demander de sa vie.

» 2° Et après, je vais faire moi-même un partage, qui conciliera les
» intérêts de tout le monde.

» Charles, dans une lettre (26 novembre 1863), considère qu'il hérite
» de mon père de la moitié du Triadou. — Je lui accorde cela, puis-
» qu'il le veut ; et, cette moitié du Triadou qu'il réclame, et dont il ne
» jouit pas intégralement encore, je la lui donne pleine et entière du mo-
» ment de ma mort. J'efface donc, dans notre acte de partage, que je
» tiens, la disposition par laquelle il cède à notre mère la jouissance de
» 4/22 ; et j'indemnise ma mère de cette renonciation que je lui demande,
» en lui donnant l'usufruit de tout ce que je possède, ce qui comprend
» principalement la moitié (ou 11/22) du Triadou.

» J'efface cela dans notre acte. Or, il faut ici prévenir une fâcheuse
» difficulté. Si la mort me surprend au Triadou, isolé du reste de la famille,
» qu'arrivera-t-il ?

» On ira chercher mes parents, et mon frère qui n'est qu'à 19 kilomè-
» tres, arrivera évidemment bien avant ma sœur, qui réside à Bédarieux.
» Si donc il présentait cet acte de 1849 avec des ratures, qui enlèvent
» précisément une obligation par lui contractée, on pourrait soupçonner
» (les affaires amènent la défiance) que c'est lui-même qui a détruit cette
» obligation. Il ne faut pas que cette obscurité puisse s'élever entre mes
» parents. C'est moi qui impose à ma mère l'obligation de renoncer à la
» jouissance de 4/22, comme condition de ce nouveau legs, bien plus
» avantageux que ceux de mes testaments révoqués ; c'est moi seul, et
» pour prévenir toute fausse supposition, je serre mon testament dans
» un pli cacheté ; et une suscription avertira spécialement mon frère,
» exécuteur testamentaire, en quel moment et devant quelles personnes
» les cachets doivent être rompus.

» Voilà donc réglées les dispositions qui concernent ma mère et qui lui
» laissent, tant qu'elle vivra, l'intégralité de mes revenus, afin que, de
» son vivant, personne n'ait rien à demander.

» Songeons maintenant à maintenir la bonne harmonie entre mon frère
» et ma sœur, en faisant entre eux un partage satisfaisant pour l'un et
» pour l'autre.

» Je vois par les lettres de Charles (22 décemdre 1862 et 26 novem-
» bre 1863), qu'il réclame la moitié du Triadou ; je la lui accorde pleine
» et entière ; j'y ai joint la jouissance de 20,000 fr., que ma mère lui a
» donnés en contrat de mariage, sans faire à ma sœur une pareille
» donation. Il faudra songer à balancer cette disposition, en léguant à
» ma sœur pareille somme de 20,000 fr., établie au-même titre que celle
» de Charles, qui reconnaît bien que ces 20,000 fr. ne sont pas donnés en
» préciput.

» Je les établis donc à la mort de ma mère, car ils n'auront jusqu'alors
» rien à démêler ensemble, je les établis à cette époque, l'un donataire,
» l'autre légataire de 20,000 fr., constitués au même titre.

» Pour indemniser Charles de ses peines et soins, je lui lègue en pré-
» lèvement, ou hors part, une somme de 10,000 fr., et 3,000 fr. à
» Rémy.

» Donnant 33,000 fr., somme à peu près équivalente à ce que je dois re-
» cueillir dans la succession de ma mère, — il me faut bien aussi récompen-
» ser les soins que m'a donnés la femme qui me sert, mais il ne faut pas
» faire de cet article un legs pour le testament.— Voilà la disposition que
» je fais de mes capitaux. Occupons-nous maintenant de ma fortune immo-
» bilière, c'est-à-dire de la moitié du Triadou.

» Du moment que je constitue Charles propriétaire en son nom de la
» moitié du Triadou, et qu'il jouit d'ailleurs d'un avancement de 20,000 fr.,
» il ne devient plus nécessaire de l'instituer mon héritier. Ce qui, étant
» joint aux dispositions déjà combinées, ferait sa part plus forte qu'il ne
» faut. — Avec les trois quarts du Triadou et ce qu'il possède à Ga-
» briac, il a plus de terres qu'il ne peut en exploiter. Il suffit donc de lui
» arranger comme il convient les trois quarts du Triadou, et la chose
» est facile. J'ai dans le temps proposé à Charles de lui séparer sa part
» en partant de la ferme de Bruguières, qui est au nord et
» à l'est. Il a paru ne pas s'en soucier, et alors j'ai fait de ce côté les
» plantations et les constructions qui m'ont paru convenables. Et, puisque
» Charles et moi sommes propriétaires par égale part du Triadou, la
» mienne se composera, pour les bâtiments, de la moitié du château où je

3

» réside avec ma mère ; puis, de la ferme que j'ai construite à mon gré et
» de l'ancienne qu'on appelle *Bruguières* et qui est dans son voisinage. La
» moitié de Charles sera l'autre part du château et le vieux mas......

» Quant aux terres qu'il faut maintenant partager entre mon frère et ma
» sœur, je puis dire que je les connais mieux que personne, et par consé-
» quent je ne laisserai pas à d'autres le soin d'en faire le partage. Et voici
» d'abord une ligne de démarcation toute faite. Le côté du Triadou que
» j'ai choisi pour bâtir et planter, est coupé en deux par le petit domaine
» du Combioulet et une assez grande partie de terres de diverse nature
» appartenant à Théron. Je prends donc tout ce qui est au-delà de ces
» terres, vers le N.-E., et je le réunis au domaine de Montguilhem, con-
» frontant du sud le Triadou.............................

» Voilà donc ma sœur propriétaire de Montguilhem et du quart du
» Triadou, pris du côté de Bruguière, c'est-à-dire vers le N.-E. Ce do-
» maine ainsi accru n'est pas évidemment proportionné ; et sa longeur, qui
» s'étend depuis les terres de Pompignan, au S., jusqu'au domaine d'Es-
» calières, au N., cette longueur est énorme, pour ne pas dire difforme.
» Mais c'est la base d'un très-beau domaine, que Moulinier peut consti-
» tuer en achetant les propriétés qui l'entourent des côtés du nord et du
» levant. Que s'ils ne veulent pas garder des terres dans ce pays et qu'il
» leur plaise de les vendre, la chose ne leur offrira pas de bien plus
» grandes difficultés. La plus sérieuse consistera dans la vente du domaine
» de Montguilhem. Et ce que j'y réunis, en le tirant du Triadou, se
» fractionnera assez facilement pour former deux petites fermes à la por-
» tée d'un certain nombre d'acheteurs..........................

» Voilà donc subdivisée entre mon frère et ma sœur la moitié du Tria-
» dou, que je me suis choisie, après en avoir verbalement conféré avec
» Charles, qui m'a paru ne pas agréer pour sa part le côté du domaine
» que je lui proposais. Seulement je ne vais pas encombrer mon testa-
» ment de ce partage qui le défigurerait. J'expliquerai tout cela, en y joi-
» gnant mes intentions et mes recommandations, sur cette première feuille

» de papier à lettre. Et sur la seconde, j'écrirai le testament, qui sera
» détaché par mon exécuteur testamentaire, pour être présenté à la jus-
» tice et soumis aux formalités. »

Ces paroles que vous venez de lire, c'est bien moi qui les ai écrites,
mais elles n'expriment pas le discours de ma pensée ; je dirai même
qu'elles renferment des combinaisons que je n'aurais pas acceptées : ou
parce qu'elles sont rendues superflues, ou parce qu'elles contredisent les
principes généraux du droit. Mais il ne faut pas oublier que celui dont
nous développons le système est médecin, et qu'ainsi l'on ne doit pas
s'étonner s'il comprend mal les règles fondamentales de la législation
civile.

Maintenant abordons la discussion, pour laquelle les faits que vous
venez de connaître ont été rassemblés ; et essayons de recomposer, autant
qu'il nous sera possible, les dispositions que le testateur avait groupées
autour de son testament : pour faire entre ses héritiers le partage de ses
biens ; constituer leurs droits, et établir entre eux cette harmonie qu'une
main fatale est venue briser à jamais.

§

La Cour de Nîmes, dans son arrêt du 1er février 1870, nous a posé
cette affirmation souveraine, qu'il est intervenu, entre les enfants de Louis-
Marie-Auguste Boyer, un partage de sa succession. Cet arrêt a été atta-
qué en cassation par un pourvoi, sur lequel plane aujourd'hui un silence
de mort. Ce qui nous induirait à penser qu'il s'est fondu devant la Chambre
des requêtes, de même que les montagnes, suivant l'expression de l'Écriture, se sont fondues comme la cire devant la face du Seigneur.
Fluxerunt sicut cera, in facie Domini.

C'est qu'en effet ce jugement suprême s'est posé là, pareil à ces grandes
roches du globe, sur lesquelles sont fondés les plus fermes remparts. Et
cet arrêt, qui constitue désormais nos titres et nos droits, détermine que
le domaine du Triadou, qui faisait partie de la succession de leur père,

est devenu la propriété commune et indivise des deux frères, Auguste (Charles) et Eugène Boyer.

Nous avons maintenant à démontrer que le testament d'Eugène Boyer suivait une subdivision de ce domaine ; et qu'Eugène, résumant dans sa pensée les propositions intervenues entre son frère et lui, a fait précéder son testament d'un écrit, qui délimitait les parts de chacun des propriétaires du Triadou. Et cet écrit, rédigé sur la première partie de la feuille de papier à lettre, dont la seconde contient le testament.... Ce papier (il porte encore la trace des plis !), ce papier, plié pour être inséré dans une feuille, que nous supposons l'acte sous seing privé du 19 novembre 1849, clos et cacheté sous les yeux du testateur ; ce pli scellé a été enlevé du bureau d'Eugène Boyer.

L'acte de 1849 ne se retrouve plus. Et les époux Moulinier ont demandé le partage de la succession d'Auguste Boyer père.

La première feuille de papier à lettre, qui adhérait au testament, a suivi l'acte de 1849. Et le partage du Triadou, qu'Eugène avait combiné avec son testament, se trouve effacé de la pensée humaine. Savez-vous maintenant ce que nous avons à faire ici ? C'est de rétablir ce partage, fait par Eugène, qui voulait fixer les droits de ses héritiers, et les constituer dans la paix et dans l'ordre.... C'est de rétablir ce partage qu'Eugène avait pris pour fondement et pour base de ses dispositions suprêmes ; de le rétablir, de le reconstituer : afin de trouver la solution à des difficultés, qui n'auraient pas surgi dans notre famille, si les pensées de celui qui s'en était constitué le chef, en se dévouant à elle, n'avaient pas été jetées au vent.

Répétons-le donc une fois de plus, le testament d'Eugène Boyer ne marchait pas seul dans son esprit, et il allait accompagné, d'abord, d'une profonde modification à l'acte du 19 novembre 1849 ; ensuite, d'une délimitation de la part du Triadou qu'Eugène avait choisie pour la sienne, et de la subdivision qu'il en avait faite entre son frère et sa sœur.

Sans cela, en effet, l'opération qu'il combinait pour élucider un malentendu, aurait eu pour résultat de susciter des complications et des difficultés inextricables. Sa pensée là-dessus ne saurait être douteuse ; et ni son frère, ni sa sœur, ne sauraient en prétexter cause d'ignorance. A son frère il écrivait : « Je te proposerai... de revenir sur notre acte de partage (1). » Et il disait à sa sœur, qui l'a répété dans son interrogatoire sur faits et articles : « Plus tard , lorsque mon frère Eugène vint à Bédarieux, il y a » cinq ans , et dit, en parlant de nos affaires d'intérêt, qu'elles avaient » été mal réglées, et qu'il faudrait y revenir plus tard....(2).

Oui plus tard ! Mais ce temps qui devait venir plus tard , Eugène a senti qu'il ne se lèverait pas pour lui dans ce monde. Et alors il a voulu que chacun fût constitué dans ses droits , afin qu'il ne pût s'élever aucune contestation, je ne dirai pas entre la sœur et le frère.... Qui de nous aurait cru qu'entre nous se creuseraient des divisions que notre vie ne verra pas combler ! Mais il y avait là un beau-frère , qui nous était plus étranger et dont nous ne connaissions pas les sentiments intimes...... En un mot, il fallait laisser après soi des affaires bien nettes et bien précises, libres de difficultés et d'incertitudes ; et , comme l'on dit communément, faire de *bons comptes* pour avoir de *bons amis*. Et vous voulez que cet homme, qui pensait de telles combinaisons , nous ait posés précisément au milieu d'un domaine indivis , et sur une demande en partage , entraînant après soi d'interminables opérations !

Non , Eugène Boyer était d'une intelligence assez reconnue , pour qu'on ne puisse imputer à son esprit une telle absence de combinaisons et de pensées. Et , une fois qu'il a rendu le Triadou propriété adéquate, mais indivise de son frère et de lui , il ne nous a pas laissés suspendus sur ces incertitudes flottantes. Il a choisi sa part du Triadou....., après en avoir verbalement conféré avec son frère. Et puis, il n'y a plus de difficultés. Les termes mêmes du testament les tranchent dans leur racine, puisqu'ils expriment formellement ceci : que Charles, exécuteur testamentaire , doit faire « DEUX PARTS ,.... et EN DONNER UNE,.... »

Pour celui qui connaît les principes du droit, le testament est ici d'une limpidité parfaite. Il ne lègue rien en préciput ou hors part à Augustine.

(1) Le Vigan, 10 janvier 1864.

(2) INTERROGATOIRE , *réponse à la question d'office.*

Cela suppose que, si elle veut réclamer son legs, elle doit renoncer à la succession ; car, venant à succession, elle devrait rapporter, conformément à l'art. 843 du Code civil. Renonçante, elle réclame donc une des deux parts. Mais laquelle ? Le doute n'est pas possible, et il est enlevé par cet art. 1190, qui traduit en français l'adage latin : *Electio debitoris est.* Le principe que posent ces lois, donne donc à Charles, débiteur de l'une des deux parts qu'il a faites, le choix de celle qu'il *donnera ;* c'est le terme qu'a employé le testateur.

Nous n'avons donc rien à prouver pour ce qui concerne la subdivision qu'entraîne le partage de la part du Triadou qui appartenait à Eugène Boyer. La seule incertitude qui s'élève, et que nous ayons à éclaircir, c'est celle-ci : quelle est la moitié du Triadou qu'Eugène Boyer s'est choisie, du consentement de son frère, avec lequel il en a conféré, et qui approuve pleinement ses combinaisons ?

J'affirme ici qu'Eugène, avant de remettre à Charles le droit de partager la moitié du Triadou qui lui appartenait, et de choisir celle des deux parts *qu'il donnera* à sa cohéritière.... J'affirme qu'Eugène, en ayant verbalement discuté avec lui, a commencé par prendre pour lui-même le côté du Triadou qu'il avait proposé à son frère, croyant que son frère n'agréait pas ce mode de partage. — Ce n'était assurément pas la pensée de Charles, mais Eugène l'a compris ainsi. — Et, lorsqu'il a fait son dernier testament, il s'est dit : « Charles n'a pas voulu ce côté, je le prends » pour moi et j'en détache la moitié, pour la réunir au domaine de Mont- » guilhens, qui appartient à ma sœur. Et je fonderai mon testament » sur la précision de cette part, que je vais leur fixer dans cette première » feuille, sur laquelle j'expliquerai mes dernières volontés, et donnerai » des détails nécessaires sans doute, mais qui, insérés dans l'acte lui- » même, excèderaient ses proportions rationnelles et obscurciraient ses » dispositions. »

Voilà, dis-je, ce que j'affirme ; et je n'ignore pas que ces paroles signifient : voilà ce que je dois prouver, suivant une des formes consacrées par les lois. Or, une des formes de démonstration consacrées par le Code civil, ce sont des présomptions graves, précises et concordantes, fon-

dées sur un commencement de preuve par écrit. Et nous avons donc :
1° A fournir un commencement de preuve par écrit ; 2° à rassembler
des circonstances qui rendent témoignage de la pensée que nous venons
d'exprimer.

Mais auparavant, une digression devient nécessaire ; et, pour que
l'esprit de ceux qui nous lisent puisse facilement se pénétrer de nos pensées, il faut leur donner ici une vue d'ensemble et une aperception générale de la configuration du domaine dont nous demandons le partage.

Le Triadou est situé dans le vallon qui s'étend de St-Bauzille à Montoulieu. Il est traversé par un cours d'eau torrentielle, nommé l'*Auson*,
qui se réunit à l'Hérault, près de St-Bauzille-de-Putois, et forme, avec
le cours inférieur du fleuve, une ligne déterminée par la chaîne de rochers
calcaires appelée *Monier*. Monier s'élève suivant une direction tracée du
N.-E. au S.-O. Et cette chaîne détourne vers Gignac le cours de l'Hérault
qui, depuis sa source jusqu'à St-Bauzille, semble se diriger vers Montpellier. L'Hérault est puissamment comprimé entre deux masses de roches
abruptes et pareilles à de gigantesques remparts. Une de ces murailles
naturelles s'élève au-dessus de St-Bauzille, et sa direction est sensiblement du nord au midi, un peu au-dessus de St-Bauzille ; cette muraille
fait un angle, et prend alors une direction parallèle à la chaîne de Monier.
Cette masse rocheuse se nomme *Taurach*. La crête de Taurach borne
les terres du Triadou vers le N.-O.

Les terres cultivables s'étendent entre Taurach et Monier. Je vais es-
sayer d'en donner une aperception au regard de votre pensée. Pour me
comprendre, veuillez ouvrir devant vous un livre, vers le milieu du vo-
lume. Le pli où se joignent les deux pages représente une vallée de plis-
sement, qui part de la montagne de Taurach, traverse perpendiculaire-
ment le vallon, et se prolonge vers le sud jusque dans les bois de Monier.

Supposons un de ces volumes grand *in-octavo*, de ce format du *Pan-
théon littéraire :* deux pages de 40 lignes, sur deux colonnes séparées
par un trait vertical. A gauche, la page *verso* est marquée par un nombre
pair ; et à droite, la page *recto* porte un nombre impair. Ce nombre nous
marque le nord.

A la dernière ligne, colonne de gauche de cette page *recto* (dont le nombre est impair), veuillez marquer un point. C'est la place où est le château. Et un autre point tracé vers le milieu de la seconde colonne de la page *verso* (toujours à la dernière ligne) marquera la place de l'ancienne ferme appelée *le Mas*.

Nous disons quarante lignes à la page. Vers la trente-cinquième, une courbe irrégulière détermine la position du torrent qui traverse la vallée. Et vers la trente-deuxième, une droite plus ou moins exacte marque la direction du chemin vicinal.

Considérons maintenant la deuxième page, dont le nombre impair indique le nord. Un point posé sur la vingt-sixième ligne de la première colonne fixe la position de la ferme nouvelle qu'Eugène a commencée. Et, à la même hauteur, mais vers la fin de la seconde colonne, un quatrième point indiquerait la place d'une ferme appelée *Bruguière*. Elle est contiguë aux terres du Triadou, auquel un Fouquet la réunit, exerçant l'action du retrait féodal. Cette propriété se termine vers le S.-O., à un ruisseau nommé *Ruisseau de Bruguière,* qui délimite les communes de Montoulieu et de St-Bauzille-de-Putois. Le Triadou est dans la commune de St-Bauzille. Bruguière, ainsi que Montguilhem, dans celle de Montoulieu.

Montguilhem appartient à Mme Moulinier, et se compose principalement de bois taillis, qui confrontent vers le nord les bois du Triadou. La configuration de ce domaine est à peu près rectangulaire, et sa direction sensiblement parallèle au cours de la rivière d'Auson.

Nous considérons dans un livre ouvert, la seconde page, à deux colonnes que sépare un trait vertical. Vers le haut de ce trait, un point marqué indiquerait la position d'un petit domaine appelé *Coubioulet,* dont les terres s'étendent au sud du maisonnage ; et, avec d'autres terres, dépendantes d'un domaine incorporé dans le nôtre (et qui appartient à la famille Théron), entre-coupent le Triadou dont les bois et les champs s'étendent, partie à l'est, partie à l'ouest des terres de Théron et du mas *Coubioulet.*

La division du Triadou en deux parts égales est donc la plus faisable des choses. Chacun des copartageants prendra une moitié du château, qui a été, du reste, construit à deux reprises.

Et, pour ce qui concerne les terres, un des copartageants mettra dans son lot les constructions rurales, qui sont à droite ; l'autre, dans le sien, celles qui sont à gauche... de la ligne de démarcation à faire déterminer aujourd'hui, aujourd'hui qu'a été effacée cette ligne, dont Eugène, je n'en doute pas, nous avait indiqué les points.

Quoi qu'il en soit, je dois maintenant prouver qu'Eugène a réellement voulu (et j'y donne mon plein consentement) prendre pour sa moitié du Triadou le côté du domaine qui comprend la ferme de Bruguières, avec les terres attenantes, et qui s'étendront jusqu'à la ligne que fixeront les experts.

Et la moitié du Triadou attribuée à Charles doit être prise du côté de l'ancienne ferme, que nous appelons le Mas. Pour continuer la comparaison que j'ai faite dans le livre ouvert, Charles prend la page gauche *(verso)* ; et Eugène, la page droite *(recto)*, qui porte ce nombre impair tourné vers le nord.

Et j'ai donc à prouver ici, d'abord par commencement de preuve écrite, ensuite par présomptions légales, que les choses ont été proposées et acceptées verbalement ainsi entre mon frère et moi.

§

Eh bien ! maintenant je n'ai pas besoin de m'arrêter à établir qu'en droit un partage n'est soumis à aucune formalité irritante ; qu'il peut être fait en toute forme adoptée par les copartageants, spécialement en la forme verbale. Mon affirmation est que, mon frère et moi, avons verbalement discuté de la division du Triadou, qui nous appartenait par portions égales. Et cette affirmation, je la prouve par un commencement de preuve écrite, preuve confirmée par des présomptions graves, précises et concordantes.

I.

Commencement de preuve écrite.

Il se déduit de deux lettres d'Eugène Boyer, des 10 et 13 avril 1864.

Dans la lettre du 10 avril Eugène dit : « Il te faut d'abord décider à ne plus
» m'en écrire ; et puis, venant un jour au Triadou, traiter la chose de vive
» voix , il me semble qu'alors notre acte de partage (en marge ajouté :
» et ton contrat de mariage) à la main, il ne peut pas se faire que nous
» ne nous entendions pas.... »

Dans la lettre du 13 il continue : .... « Puis ta grande et ennuyeuse
» affaire (1). Comme je te l'ai dit, je tiendrai à ne m'en occuper qu'en con-
» versation............. Le mieux est donc d'en parler verbalement comme
» Bridoison. Donc, je te réangage, vers le milieu ou la fin de la semaine
» prochaine, de *(sic)* venir passer un ou deux jours au Triadou........ ».

Comme vous le voyez par ces textes , c'est verbalement que les relations d'affaires ont été réglées entre Eugène et Charles Boyer. Ces deux
frères avaient l'un pour l'autre une confiance si illimitée , qu'il s'est fait
entre eux un mouvement de , par exemple , 100,000 fr., sans que l'un
ait demandé, et sans que l'autre ait fourni, un reçu, une quittance.
C'est de même verbalement que nous nous sommes accordés pour la division du Triadou; c'est en suite de mes prétentions verbalement proposées,
qu'Eugène a fait son dernier testament....... acte qui ne renferme pas ,
à lui seul , l'entière volonté du testateur. Car il faut dégager cette volonté
du testament , combiné avec les modifications qu'Eugène a imposées à
cet acte de 1849, disparu de son bureau , et avec les indications rédigées
sur cette première feuille de papier à lettre , également supprimée. Ce
qui fait que le magistrat, à qui la loi commande de décrire l'état du testament , constate tout d'abord qu'il est SUR UNE SECONDE FEUILLE DE
PAPIER A LETTRE.

---

(1) C'est le partage du Triadou, sur lequel je soulevais des réclamations, comme
on le voit par la lettre précédente.

Une seconde suppose évidemment une première. Et si celle-là ne se retrouve pas ici, c'est qu'elle y a été retranchée. Et ce qui a été retranché contenait, spécialement, une division du Triadou, faite d'après nos discussions verbales; division dont Eugène Boyer impose l'acceptation, comme condition de son testament.

Et c'est de cette division que je dois maintenant constater l'existence et déterminer la direction.

II.

Et d'abord, veuillez observer que la première pensée qui attire l'esprit du testateur, c'est de dérober aux regards de sa mère la vue d'une discussion entre ses enfants. « Si cela se peut, supprimons-les radicalement. » Si on ne peut les éviter, qu'elles ne viennent du moins qu'après la » mort de ma mère. C'est pourquoi ma première disposition chargera » mon frère de payer à ma mère, tant qu'elle vivra, l'intégralité de mes » revenus. Il suit de là que, du vivant de ma mère, personne n'a rien à » demander...... »

Et cependant, vous comprenez bien que nous ne pouvons pas rester pendant toute la vie de notre mère (et notre mère ne fait pas la petite bouche pour dire qu'elle compte bien survivre à tous ses enfants ! — Sa robuste santé rend d'ailleurs la chose assez vraisemblable) ; nous ne pouvons, dis-je, pas rester un temps indéfini sans que nos parts respectives soient déterminées. La raison en est que nous avons, chacun de notre côté, à faire sur nos bâtiments des constructions et des réparations, qui ne peuvent plus se retarder.

Il faut donc que nos parts soient désignées d'ores et déjà ; et Eugène n'a pas manqué de combinaisons au point d'oublier de nous les faire connaître. Et son premier soin a donc été, après en avoir conféré verbalement (ainsi qu'il l'annonce dans ses lettres des 10 et 13 avril 1864), a été de déterminer, ce à quoi je consens parfaitement, où il prend sa portion dans le domaine du Triadou. Et, comme disait Royer-Collard, je n'en sais rien, mais je l'affirme. — J'affirme que sur cette *première* feuille, qui adhérait à la *seconde* feuille sur laquelle le testament est écrit, Eugène avait déterminé comment sa part du Triadou doit être subdivisée entre son frère et sa sœur. Parce qu'il faut qu'il nous explique quelle part il s'est choisie, après en avoir *parlé verbalement,* comme Bridoison. Vous savez que cette turlupinade se trouve dans sa lettre du 13 avril 1864.

Et après cela, ne pourrions-nous pas ici dire comme Bossuet : « Si » les paroles nous manquent, les choses parleront assez d'elles-mêmes? » — Sans doute, je n'ai pas de preuve écrite de la conversation dans laquelle nous avons, mon frère et moi, discuté le partage du Triadou. Mais, si je suis sans écrit de mon côté, il n'en existe pas, que je sache, du côté contraire.

Eh bien, maintenant, voyez ce domaine, semblable à un livre ouvert. La maison du maître au milieu, et pour chacun des copartageants, une ferme : à gauche, l'ancienne ferme qui est là depuis des temps inconnus ; à droite, une ferme nouvelle qu'Eugène a commencée pour l'exploitation des terres environnantes. Considérez ces terres qui sont à l'entour de la ferme nouvelle, vous les verrez couvertes de plantations : de plantations qu'Eugène a faites de son plein gré, à sa volonté, suivant ses désirs, ses combinaisons, ses calculs, sans aller demander à personne : Cela vous convient-il ainsi? cela vous plaît-il? cela vous est-il agréable?

Non! de tout cela, rien. Il bâtit, sans consulter personne, il choisit l'emplacement de la ferme, sans demander un conseil. Il plante ce qu'il veut dans les terres qu'il veut, sans s'informer si cela est agréable à quelqu'un. En un mot, il agit comme un maître qui fait ce qu'il lui plaît, et ainsi qu'il lui plaît, parce qu'il peut dire : Je suis chez moi, et nul ne peut me demander compte.

C'est qu'en effet il est chez lui. Et il nous représente ici, comme parle Pascal, une *image de l'occupation de la terre.* Quand la terre n'était pas divisée, un homme se plaçait sur le sol, et construisait et cultivait; et ces constructions, et ces cultures signifiaient : *Ceci est à moi !* il n'y avait pas de paroles, mais il y avait des actes ; et ces actes exprimaient beaucoup mieux que le discours.

Les actes d'Eugène Boyer expriment ici de même beaucoup mieux que

ne pourraient le faire des pièces écrites. Il nous a déjà dit qu'il n'en voulait pas. Propriétaire d'un domaine indivis avec son frère, il lui écrit : Je
ne veux pas d'écriture ni de correspondance ! Viens ici, et nous traiterons
l'affaire verbalement. Nous en parlerons verbalement comme Bridoison.
— Son frère est venu. Ils ont parlé, ils ont conféré. Il a bâti, il a planté
d'un côté du domaine. Cela est donc à lui ; il l'a choisi, il l'a voulu, du
consentement accordé de son copropriétaire indivis (il est inutile d'exprimer
cette circonstance, toujours sous entendue). Il a pris cela comme sien, et
cela donc est à lui, ou la terre n'est à personne.

Et en effet, si vous ne le lui attribuez pas, à qui donc l'adjugerez-vous ?
Il ne peut être ici question de la terre libre et ouverte au premier occu-
pant. Il s'agit d'un domaine indivis entre les frères Eugène et Charles
Boyer. Et si ces constructions élevées, et si ces plantations, ces cultures,
ces ouvrages, ne sont pas la propriété d'Eugène, c'est donc à Charles qu'ils
resteront en définitive.

Mais cela est-il proposable ? Et vous voulez pouvoir dire à Charles :
« Cette ferme sera votre maison d'exploitation, ces vignes, ces mûriers,
» vous seront attribués et vous n'aurez rien à voir sur le reste ! » —
Mais il me semble qu'à ce discours Charles répondra avec la raison de la
justice : « Suis-je donc interdit ? Et, avant de déclarer que ces construc-
» tions nouvellement faites et ces terres nouvellement plantées seront
» ma propriété, il me semble qu'il aurait fallu me demander, au préala-
» ble, si les plans des ouvrages me conviennent, si j'approuve les em-
» placements choisis ; si je suis content des plantations commencées ! »

Sans vouloir soulever ici des contestations et des critiques désormais
superflues, je déclare en conscience que je n'aurais pas, moi, établi ma
nouvelle ferme au centre qu'Eugène a fixé. J'y trouve des inconvénients.
Ainsi, par exemple, je remarque qu'il n'y a pas d'eau potable dans le voisinage de la maison, et que le transport de celle qui est nécessaire aux
besoins journaliers, en sera long et pénible. L'abreuvage des bestiaux ne
le sera pas moins. Joignez à cela que les vignes, qui partent du pied de
la muraille, seront infestées par les animaux domestiques, etc. — Ces
constructions, je les aurais, si cela m'avait concerné, réunies à la ferme

de Bruguières. Il y a une source dans la cour, l'accès de la rivière pour les animaux *(appulsus pecoris)* y est parfaitement commode. Les plantations qui ont été faites autour du mas neuf, étaient aussi faciles sur les terrains qui s'étendent au nord de Bruguières. Le champ qui se termine au ruisseau de Bruguières, doit être évidemment planté en vignes. Le transport des récoltes était donc bref et facile,......

En un mot, je n'approuve pas les plans et les constructions de mon frère ! Et je ne lui en ai rien dit ! — Sans doute, parce que, sans qu'il me l'ait dite, j'ai entendu sa réponse .., « Je t'ai, dans une conversation d'affaires, » proposé ce côté du Triadou. Tu m'as paru ne pas t'en soucier. Alors » je l'ai pris pour moi, et je dispose le domaine de telle sorte que la » part qui m'en revient, soit de ce côté. Et ces terres devant être ma » propriété, j'y plante et j'y bâtis, sans demander conseil à personne. »

Voilà évidemment ce qu'il aurait répondu à mes critiques, et je ne les ai donc pas proposées, parce qu'il était maître de faire ce qu'il voulait..... Mais où est-on maître de faire ce que l'on veut? Réponse : dans sa propriété! C'est-à-dire dans la partie de l'immeuble où il a planté, où il a construit.

Et j'ajoute maintenant que tout cela était expliqué dans la feuille de papier adhérente à son testament : lequel a dû être nécessairement précédé d'une prise de possession de la part lui afférent dans l'immeuble, laissé indivis jusqu'alors, mais qui doit être divisé à ce moment même.

Quoi qu'il en soit, il est bien certain qu'il n'a pas voulu, lui qui s'était constitué le conducteur et le directeur de la famille, à laquelle il s'était dévoué pendant sa vie, qu'il n'a pas voulu la laisser, après sa mort, suspendue sur un abîme d'incertitudes ! Il nous les avait donc enlevées ; et c'est pour cela que, après avoir combiné les opérations nécessaires pour nous délimiter nos propriétés et fixer tous nos droits, il s'est fait d'abord apporter l'acte de 1849, qu'il a modifié ; puis, s'est fait remettre une feuille de papier a lettre entière, c'est-à-dire double. Et, là-dessus, a écrit trois pages, dont la troisième est son testament.

Les deux premières ont disparu. Et a disparu tout entier cet acte du 19 novembre 1849, lequel portait aussi trois pages d'écriture. Trois et trois font six. De six ôtons cinq, et il nous restera justement ce testament, où Mᵐᵉ Moulinier a pu croire qu'elle avait un legs supérieur de 10,000 fr. à celui de son frère. Et j'affirme maintenant que lorsque, après la messe de neuvaine, ma mère montra ce testament, que je voyais pour la première fois ; comme ma mère semblait croire que Mᵐᵉ Moulinier était réduite à un legs de 20,000 fr., cette personne lui indiqua les dispositions finales du testament ; et les montra avec une précision qui dénotait une connaissance déjà acquise, de ce que nous n'avions pas, ma mère et moi, encore aperçu. — De ce fait, accompli dans l'intimité de la famille ; je ne puis fournir évidemment d'autre preuve que ma parole. Mais j'ai ici ma parole, et je la donne !

Et maintenant, rassemblez toutes les coïncidences que nous vous avons exposées. Rapprochez-les de ce commencement de preuve par écrit, que renforment les deux lettres des 10 et 13 avril 1864 ; et dites-nous si nous n'avons pas ramené devant vous cet ensemble de présomptions graves, précises et concordantes, que la loi vous ordonne d'accepter, parce qu'elles sont précédées de ce commencement de preuve, qui rendrait admissible la preuve testimoniale, ainsi que le demande l'art. 1353 !

Il faut donc concevoir que nous avons à établir qu'il a été fait une opération double, et qui comprend la division et la subdivision.

On nous a contesté la division. Et nous l'avons démontrée devant la Cour de Nîmes, qui, de sa force souveraine de jugement, nous constitue cette certitude : La succession d'Auguste Boyer, père, a été réglée par un partage, qui met dans les lots des frères Eugène et Charles le domaine du Triadou, qu'ils veulent laisser indivis entre eux.

Maintenant, devant le Tribunal de Montpellier, juge de la situation, nous voulons prouver la subdivision de cet immeuble. Ne sortons pas de cela, car il ne s'agit pas d'autre chose. Et le seul but auquel tendent nos discours, est d'établir que, par des conventions verbales (annoncées par les lettres ci-dessus ramenées), cet immeuble, nommé le Triadou, a été séparé en deux parts : une pour Eugène et l'autre pour Charles.

Ce dernier ajoute qu'Eugène a subdivisé la moitié du domaine qu'il s'était choisie, et a fait précéder son testament d'une indication qui fixait les limites de la propriété qu'il constituait à sa sœur. — Mais tout cela a été enlevé, et la pensée du testateur a été jetée avec lui dans les ombres où nos regards ne pénètrent pas. Et il nous est donc impossible de rétablir avec certitude ce qu'il avait combiné.

Mais nous pouvons facilement nous passer de ce qu'il nous est impossible d'atteindre. Et véritablement je me vois amené à répéter que le doigt de Dieu est ici : *Digitus Dei est hio.* C'est lui en effet qui nous a fait conserver, au milieu de celles qui l'environnaient, cette page où le père de famille, transmettant ses pouvoirs à celui qu'il institue pour exécuter son testament, a écrit ces paroles revêtues d'une force de loi, et qui ont pour nous l'autorité de la loi ; ces paroles suprêmes : « Il fera deux parts, et en donnera une ! »

Il ne faut donc pas qu'on vienne nous parler ici *d'un partage à faire* par experts convenus ou nommés d'office. Cette opération n'irait pas à moins qu'à renverser le testament de cet aimé frère, qui m'a préposé pour le défendre et veiller à son exécution. Il m'est sans doute impossible de préciser aujourd'hui la ligne de division que sa volonté avait fixée. Car une volonté ne s'exprime que par son discours, et celui-là a été effacé. Mais ce qui subsiste nous suffit pour qu'il soit possible de suppléer à ce que nous n'avons pas.

En vertu de l'art. 815, la justice doit accueillir la demande que je lui fais, de déterminer quelle est la part du Triadou qui est la mienne, et quelle est la part afférente à celui qui était avec moi dans l'indivision.

Or, je soutiens que celui-là même a fait cesser l'indivision, en s'établissant d'un côté du domaine. Ce qui implique qu'il met ma part héréditaire sur le côté opposé. Il a bâti, il a planté du côté du nord et du levant. Par là, il me fixe sur les terres qui s'étendent vers le couchant et le midi. Là s'élève l'ancienne ferme, que nul de nous n'a vu commencer. Il a, lui-même, il a commencé une ferme nouvelle, qu'il a entourée de plantations. Il a donc choisi ce côté, sa part est là. Et il ne nous reste aujourd'hui qu'à faire déterminer par des hommes choisis la ligne de division qui séparera une hérédité de l'autre.

Puis, je le répète, ce sera moi qui ferai, comme dit le testament, *deux parts* ; et à Mme Moulinier dirai : « Voilà la vôtre. »

Et, d'ores et déjà, je déclare que, dans cette part, je mettrai des terres. et des constructions. Et que, choisissant pour moi la moitié du château, qui appartenait à mon frère, parce qu'il était propriétaire de la moitié du Triadou, je donnerai à ma sœur pour constructions équivalentes la nouvelle ferme commencée par Eugène, à laquelle se joint d'elle-même l'ancienne ferme de Bruguières que j'aurais, si cela m'avait concerné, prise pour centre, autour duquel j'aurais rassemblé tous les bâtiments ruraux que j'élevais sur ce côté du domaine.

Tous ces édifices réunis valent-ils plus ou valent-ils moins que la moitié du château que je retiens? Les experts là-dessus fixeront nos idées. On dira ce que valent les constructions du château, ce que valent les édifices d'exploitation. Il sera toujours possible de déterminer les rapports de ces différentes valeurs, et de balancer une part avec l'autre.

Mais il faut que l'on parte de ce point fixé et bien arrêté : les murailles du château seront dans mon lot, et les murailles des fermes seront dans le lot de Mme Moulinier. *Sic voluere patres.* La volonté des pères de famille a ainsi constitué l'ordre des choses. Ces *pères de famille*, dont je parle, sont mon aimé frère et mon père non moins tendrement chéri. Ce dernier, lorsqu'il conduisit pour la première fois au Triadou l'épouse de son fils, eut bien la prétention de l'installer dans la maison qui devait être la sienne. Et lorsqu'il nous fit signer cet acte sur lequel il est aujourd'hui inutile de rappeler de fâcheux souvenirs, Eugène expliqua bien formellement que, de l'hérédité paternelle, le domaine patrimonial du Triadou entrerait dans le lot des frères.

Et lorsqu'il a combiné ces dispositions, qui devaient constituer la paix dans la famille et qui l'auraient faite, si elles n'avaient pas été enlevées.... Dieu a vu par quels moyens! Lors, dis-je, qu'Eugène a médité ses suprêmes combinaisons, il les a fondées sur cette base : que son frère deviendrait un jour propriétaire du Triadou, diminué de ce quart du domaine qui doit se réunir aux terres de Montguilhem, espérant sans doute que M. et Mme Moulinier joindraient à ces terres les propriétés qui les confrontent du nord et du levant, et par là se constitueraient un vaste domaine.

Cette volonté a été dissipée , et sans doute les flammes qui ont purifié les romans de Balzac ou de Cooper, l'ont enlevée de ce monde , mais elle y a laissé des traces et des vestiges, qu'il nous est possible de retrouver. Et nous prétendons bien aujourd'hui la ramener de ce néant où on croyait l'avoir jetée , et la relever sur sa base, où elle tiendra par sa force.

Que le Tribunal ne se méprenne et ne s'égare donc pas. Nous ne lui demandons pas de créer un partage, qui aura commencé d'exister au jour de son jugement , bien qu'une présomption de loi puisse en faire remonter l'effet au jour où la succession s'est ouverte. Encore un coup , il ne s'agit de rien qui soit semblable à cela. Devant le Tribunal de Montpellier, comme devant la Cour de Nimes, nous marchons par des voies parallèles.

Devant la Cour nous avons dit : La succession de Louis-Marie-Auguste a été partagée , il n'y a qu'à constituer de nouveau ce partage, dont on a enlevé l'instrument et supprimé le titre.

Et aujourd'hui, devant le Tribunal de Montpellier, nous venons dire de la subdivision ce que, devant la Cour de Nimes, nous disions de la division : On a enlevé l'instrument, on a supprimé le titre, qu'Eugène Boyer avait écrit sur la première feuille de papier à lettre..... la seconde étant réservée (vous le savez) pour recevoir les 18 lignes qui expriment son testament.

En observant une fois encore que nous n'avons pas à nous occuper du partage de la succession d'Eugène Boyer, parce que ce n'est ni le temps, ni le lieu. Ce n'est pas le lieu, puisque le Tribunal de Montpellier n'est pas compétent pour en connaître. Ce n'est pas le temps, puisque le testateur a déterminé le moment où les époux Moulinier devaient recevoir leur part héréditaire. Et alors aussi nous comptons bien établir que cette part héréditaire a été fixée et déterminée, et qu'Eugène Boyer nous a laissé le partage de sa succession , fait et parfait , dans son testament ou avec son testament. Pour le moment, il n'y a point à s'occuper de cela.

Et la seule chose dont il s'agisse aujourd'hui , c'est la division de ce domaine , situé dans le ressort de Montpellier et dont le partage déjà existant... quoique le titre ait été enlevé, sera consacré par le Tribunal.

Et le Tribunal doit donc maintenant comprendre, d'abord que nous ne venons pas exercer devant lui cette action en partage, réglée par les art. 815 à 842 du Code civil, parce que ces articles ont été édictés pour un partage à faire; et qu'il s'agit, au contraire, pour nous, d'un partage déjà fait, mais dont l'instrument ou le titre se trouve accidentellement égaré.

Mais, si le titre nous manque, les faits parlent pour lui; et les constructions, et les plantations qu'un des copropriétaires a élevées sur le domaine, primitivement en indivision, disent plus hautement et plus clairement que des paroles, que la moitié qui est sienne doit être prise du côté qu'il a choisi, après en avoir verbalement conféré avec son copartageant, qui consent.

Et une fois que cela sera déterminé, il n'y a plus de difficultés possibles pour la subdivision de cette moitié. Le testament les enlève jusque dans leur racine, par ces paroles d'une transparente limpidité et d'une précision si parfaite : « Il fera deux parts et en donnera une. »

Cela prévoit tout, et cela suffit à tout.... pourvu seulement que la portion du testateur, dans le domaine indivis, soit connue. Et il n'avait certes pas manqué de nous la faire connaître !

Mais des actes ont été enlevés.

Et lorsque je me demande par quelles mains ces pièces peuvent avoir disparu, je vois clairement aujourd'hui qu'il faut faire des éliminations.

En ce qui concerne M. Prosper Moulinier, dont j'ai beaucoup parlé dans mon Mémoire à la Cour de Nîmes, je dois commencer par déclarer que j'étais dans l'erreur. Et voici ce qui l'occasionnait.

Je savais que, pour des raisons qu'il est inutile de rappeler, le mari de ma sœur avait dû faire dans le bureau de mon frère une perquisition assez minutieuse. L'on m'avait dit qu'il avait emporté des papiers; et je croyais que l'acte de 1849, ou la note d'Eugène nous apprenant sa destruction, s'était trouvé sous la main de M. Prosper Moulinier. — Il est aujourd'hui manifeste pour nous que cela ne saurait être. Le témoignage de la personne qui servait M. Boyer, quand il a fait son testament, est confirmé par tant de preuves, qu'on ne saurait le récuser. Le testateur a écrit sur une feuille de papier à lettre, qui a été pliée pour être insérée dans quelque enveloppe cachetée. — Eh bien, tout cela était enlevé à la date du 4 juin 1866. Or, M. Moulinier n'est venu au Triadou que dans le mois de juillet, et peut-être d'août. A cette époque donc le coup était porté, et il ne saurait en être l'auteur.

Ma mère a tenu la clé du bureau de mon frère. Et savez-vous de quoi mes soupçons ont pu croire que ma mère était capable?..... Eh bien, j'ai pu croire ma mère capable de frapper dans la maison un coup d'autorité, et de vouloir tenir jusqu'à son dernier jour les rênes de l'empire. J'ajoute qu'elle les tiendrait encore si elle n'avait que son fils et l'épouse de son fils. Mais ma mère a prouvé devant le Tribunal du Vigan, qu'elle n'est capable ni de supprimer, ni de nier un écrit. Lorsqu'on l'a tournée contre moi, elle qui d'abord posait avec moi des conclusions pour demander au Tribunal le maintien de l'acte de 1849; lorsqu'on me l'a retirée, à ce point que, devant la Cour, elle n'a plus voulu conclure; puis, lorsqu'on m'a contraint à soutenir une instance devant le Tribunal du Vigan.... Ce Tribunal, qu'égaraient des affirmations contraires à la vérité, a ordonné une comparution, et les affirmations, spontanées et loyales de Mme Boyer de St-Bauzille, lui ont fait perdre son procès, mais non pas la considération et le respect qu'elle mérite.

Ma mère n'est donc pour rien dans des opérations ténébreuses; et je dois rappeler une circonstance qui décide mon opinion. C'est que, peu de temps après la mort de mon frère, comme nous étions en peine de cet acte de 1849, qui ne paraissait nulle part, ma mère ouvrit devant moi le vieux bureau de la maison, qui se trouvait relégué dans un cabinet de décharge, et renversa tous les papiers qu'il contenait, pour voir si ce titre n'y aurait pas été oublié. Alors sa mémoire n'était pas obscurcie, et l'existence de cette pièce apparaissait claire et certaine à son souvenir. Si, depuis ce temps, elle a tenu des discours contraires, l'explication en est bien facile : ma mère a quatre-vingts ans, et sa mère, mon aïeule maternelle, à laquelle je puis bien, en me ressouvenant, appliquer cette parole de Joinville : « Qui moult m'amoit et à qui Dieu bonne mercy fassé, » sa mère, dis-je, dans les dernières années de sa vie, avait perdu la faculté de la mémoire, à ce point qu'elle ne se souvenait pas le

soir de ce qu'elle avait fait dans la journée. Et l'on sait bien que les fai-
blesses organiques se suivent quelquefois dans les générations. Il ne faut
donc pas s'étonner si ma mère n'a pas aujourd'hui retenu dans sa pensée une empreinte de l'acte de 1849. Mais en 1866, elle s'en souvenait
si bien que, pour le chercher, elle m'a fait renverser tous les papiers
d'un secrétaire. Et l'on ne viendra pas ici nous exposer cette laideur,
que cette démarche de sa part était une combinaison inventée pour dé-
router nos soupçons. Le poëte a dit avec justesse :

Conservez à chacun son propre caractère.

Et n'allez donc pas imputer des détours abjects et ténébreux à celle
d'une nature âpre et rude , mais haute et droite , et dont l'intelligence ne
manque pas d'une certaine grandeur.

J'ai donc trop insisté là-dessus , et je demande même pardon à celle
que je suis obligé d'honorer, d'avoir parlé comme s'il était besoin qu'on
la défendît contre une imputation humiliante.

Mais il faut ici que Mme Moulinier me permette d'user de cette figure
de rhétorique qu'on appelle la prosopopée. Et je lui dirai donc :

« J'affirme que j'ai vu , bien vu M. P. Moulinier signer avec nous
» l'acte de 1849. Et ce que j'affirme , vous l'avez confirmé , en ajoutant
» une précision qui m'avait échappé. Et vous avez dit dans votre interro-
» gatoire : « Lorsque j'y apposai ma signature, mon mari y avait déjà
» apposé la sienne. » — Faisant pour le moment abstraction de la chose
» jugée et de l'autorité que porte avec soi un arrêt souverain , il nous
» reste encore la certitude que M. Moulinier a signé cet acte. Eh bien ,
» M. Moulinier, qui a signé cet acte, dirigé, cette fois, par les conseils
» de Me Rouch , avocat, dont on ne contestera ni l'intelligence , ni l'ha-
» bileté, soutiendra devant le Tribunal du Vigan , ainsi que devant la
» Cour de Nîmes , qu'il ne l'a pas signé !

» Je suppose qu'on s'est ici pénétré de cette pensée fine et piquante de
» Manzonni : « Mon bon ami , il faut toujours dire franchement et clai-
» rement les choses à son avocat.... C'est à lui de les embrouiller en-
» suite..... » Donc, pour que l'on se soit hasardé à soutenir, devant tous

» les degrés de juridiction , que M. Moulinier n'a pas signé cet acte que,
» vous et moi, l'avons vu signer, il faut que l'on ait eu la certitude que cet
» acte ne pouvait désormais être produit au jour.

» D'où M. Moulinier a-t-il tiré cette certitude? J'avais cru de la perqui-
» sition assez minutieuse qu'il fit au Triadou, dans les papiers de M. Eu-
» gène Boyer. — Je sais aujourd'hui, de science certaine, qu'elle n'a pu lui
» venir de là. M. Eugène n'a pas supprimé cet acte. Et , lorsque M. Mou-
» linier est venu , il n'a pu le retrouver, par la raison qu'il avait disparu
» au 4 juin 1866. Or, l'arrivée de M. Moulinier est bien postérieure à
» cette date.

» Mais si l'acte n'a pas été enlevé par M. Moulinier lui-même , il y a
» tout au moins une personne qui lui fournit la certitude dont il a besoin
» pour s'avancer, dirigé par l'habile Me Ronch , jusqu'à nier qu'il a signé
» ce que , vous et moi , affirmons qu'il a signé effectivement.

« Et vous voyez bien que l'intermédiaire qu'il faut rigoureusement
» amener ici , n'a rien de commun avec Mme Boyer de St-Bauzille.

« Une autre main a donc passé par là !........................
.... »

Et maintenant que l'on m'a forcé à dévoiler publiquement ce que j'aurais voulu couvrir d'un silence pareil au silence des tombeaux, je me
recueillerai dans l'intimité de ma conscience ; et j'étalerai mes pensées à
la mémoire toujours vivante de ces morts chéris ; et je leur demanderai
de me consoler moi-même d'avoir découvert des combinaisons qui auraient
fait rougir leurs fronts sur la terre des vivants et qui sans doute feront
saigner leur cœur jusque dans la poudre du sépulcre.

Je désire une discussion sincère et loyale , mais je supplie que l'on
épargne les vaines récriminations. Je me suis efforcé de rendre cet écrit
calme et tranquille , comme les eaux qui doivent réfléchir la lumière. Si,
dans le mémoire à la Cour de Nimes j'ai eu des expressions irritées, c'est
qu'elles reproduisaient des sentiments qu'a apaisés une justice rendue.
Mais au-delà de ces paroles, qui sont à la surface , je n'ai rien à rétracter
de ce qu'elles recouvrent. Seulement j'ignorais, lorsque je les écrivais, ce
que j'ai connu depuis.

Aujourd'hui je crois avoir rassemblé les fragments dispersés d'une volonté dernière, dont les combinaisons se dérobaient alors à mes regards. Celle-là, en s'en allant, m'a constitué pour la maintenir et la défendre ; et ce me sera un devoir et un honneur de la défendre et de la maintenir. Qu'on n'aille pas chercher d'autre but à mes pensées et à mes actions. Ce que je fais, je le fais parce que je crois que mon père et mon frère ont désiré que cela fût ainsi.

Que l'on veuille donc bien m'épargner les récriminations et les reproches ! Et que l'on cesse par-dessus tout de blesser par les discours de sa langue celui qui sans doute doit se préparer avec humiliation et tremblement pour entrer dans les jugements éternels, mais dont l'espérance n'a pas été confondue lorsqu'il s'est présenté devant les justices de la terre.

8 mars 1873.

BOYER DE BRESLE.

Montpellier, typ. P. Grollier.

www.ingramcontent.com/pod-product-compliance
Lightning Source LLC
Chambersburg PA
CBHW060850180626
46818CB00004B/1649